coleção

diabo
na aula

celso borges

ainda

mórula
EDITORIAL

ORGANIZAÇÃO DA COLEÇÃO
Carlos Augusto Lima
Manoel Ricardo de Lima

A tradução do fragmento do poema de e. e. cummings da epígrafe, escrito à mão por Celso Borges, é de Augusto de Campos.

CIP-BRASIL. CATALOGAÇÃO NA PUBLICAÇÃO
SINDICATO NACIONAL DOS EDITORES DE LIVROS, RJ
Elaborado por Meri Gleice Rodrigues de Souza — CRB 7/6439

B731a

Borges, Celso, 1959-2023
Ainda / Celso Borges; organização da coleção Carlos Augusto Lima, Manoel Ricardo de Lima. – 1. ed. – Rio de Janeiro: Mórula, 2024.
80 p. ; 19 cm. (Diabo na aula ; 5)

ISBN 978-65-6128-020-4

1. Poesia brasileira. I. Lima, Carlos Augusto. II. Lima, Manoel Ricardo de. III. Título. IV. Série.

24-91305 CDD: 869.1
CDU: 82-1(81)

Rua Teotônio Regadas 26 sala 904
20021_360 _ Lapa _ Rio de Janeiro _ RJ
www.morula.com.br _ contato@morula.com.br
morulaeditorial morula_editorial

minha especialidade é viver —
era a legenda de um homem
(que não tinha renda
porque não estava à venda)

olhar à direita —
replicaram num segundo
dois bilhões de piolhos
do fundo de um par de calças
(moribundo)

e. e. cummings

palavras aladas

Em julho de 2023 recebi a mensagem: *oi, andréa, é manu* seguida de dois áudios: o primeiro como um abraço, carinho para a mulher que se tornara viúva havia pouco mais de dois meses. E o segundo anunciava um livro inédito que o poeta enviara em janeiro daquele ano, para integrar esta coleção. Fui procurar nos arquivos de Celso e encontrei o documento *Ainda*, dentro de uma pasta chamada Projetos 2023. Li com assombro a reunião de poemas que ele mandou ao Manu, alguns dias depois do diagnóstico de câncer e pouco antes de irmos a São Paulo para iniciar o tratamento.

Reconheci alguns poemas junto de outros tantos inéditos. De todo modo, mesmo os conhecidos pareceram outros, dada a narrativa criada pela ordem em que aparecem, costurados como um mapa ou uma carta cifrada.

ainda é uma palavra
que não para pra pensar

é poesia primeiro
ainda

Delicado escrever sobre essa obra e a respeito do autor quando antes e depois de tudo Celso Borges é o meu amor desde um beijo em abril do ano 2000. E é desse lado de dentro da nossa história que falo aqui. Este foi o primeiro livro que ele mandou para publicação, desde o XXI, sem que eu lesse antes, revisasse e depois conversássemos. Antes de me perguntar o porquê de ter sido assim, entendi que este livro é da natureza das garrafas lançadas ao mar.

Dizem que poetas são profetas e, devota que sempre fui dessa gente que escreve como quem sangra, nunca duvidei. Nestes poemas, Celso anuncia o coágulo que veio dias depois, abreviando seu tempo entre nós, e desenha no céu um luminoso arco-íris branco, atravessado por um beija-flor colorido. Do meu quarto ouço um bem-te-vi que vez por outra conversa comigo, sempre fazendo a segunda voz: te-vi!

Li com assombro cada linha desse novelo porque o vi vivo diante do fim, sozinho nessa travessia em que não cabem mãos dadas. Relendo agora, renova-se o assombro e vejo ainda mais clara a sua solidão de poeta que encara a finitude. Um homem diante de sua fragilidade escreve o testamento que só será conhecido depois do fato consumado, quando tudo fará sentido. Ou não.

Invertendo a ordem natural das fábulas, Celso inicia o livro pelo *the end* e fecha com um *happy end*. *O fim é o fim do fim* e *a poesia é o começo de tudo*. Entre os dois poemas há histórias, pessoas, lugares, dores, amores, medo e tudo quanto ele conseguiu inventariar. *Ainda* é, antes de tudo, sua profissão de fé na poesia, aquela que nunca desaba, a única capaz de salvá-lo, divindade ou maldição, a quem entregou sua vida e ali, naquele momento, a possibilidade real de sua morte.

Quando leio esses poemas ouço a voz dele. Em dezembro de 2022 ele me mandou um áudio com o poema *a última entrevista de clarice*. A poesia, para mim, tem a voz de Celso Borges. Guardo seus áudios para o caso de me falhar a memória.

ANDRÉA OLIVEIRA
São Luís, fevereiro de 2024.

the end

aí
aqui
ali
além
tudo já foi dito
c’est fini,
meu bem

ainda

é uma palavra que anda
conforme o bando que caminho no peito
ou a banda que me toca
quando sonho pelas ruas
e saio cantando

ainda
é uma palavra que não para pra pensar

é poesia primeiro
ainda

palavra

com
começo
meio
e
fim
não necessariamente nessa ordem: palavra
pavrala
vrapala
lapavra
vralapa
lavrapa

lavoura

de cima pra baixo

não adianta goteira
chuva
abismo
lei da gravidade

não adianta queda livre
medo de altura
aterrisagem forçada

tanto faz
cachoeira
bueiro
desmaio
vertigem

poesia não desaba

poesia é
poesia não é
poesia é e não é
poesia quase
poesia talvez
poesia nem sei
poesia quem dera
poesia quem disse
poesia nem seu sousa

wanted

gordura do sal
sol da noite
nuvem do chão
cheiro da flor sem cheiro
sangue dos limões
leite da juçara
poeira do céu

pra dar sentido, talvez
ao que não existe
existindo

natureza viva

pêssegos lilases
pitombas rubras
muricis roxos
sapotis, abricós, buritis pretos
camapus celestes
uvas pálidas rodopiando velozes
nos lábios dos camaleões

bananas laranjas
laranjas azuis
limões púrpura
tomates marrons
morangos magenta
abacates vermelhos
mangas cor de caqui
caquis cinzentos
azaleias cor de café
arco-íris branco

cabeça de adão

presente que eva
deu pra lilith
na primeira vez
que se encontraram
no paraíso

fome de tudo fome de tudo fome de tudo
já é alguma coisa
fome de alguma coisa
é quase nada é quase nada
é quase
fome de tudo fome de tudo
é quase

fome de tudo

O QUE FOI FEITO DE QUASE TUDO QUE A GENTE SONHOU?

D R E A M
R A M D E
E D A M R
A M E R D
M E R D A

esperança

pra manoel ricardo de lima

um beija flor bate a cabeça na janela de vidro
um beija flor bate a cabeça na janela de vidro
um beija flor bate a cabeça na janela de vidro
um beija flor bate a cabeça na janela de vidro
um beija flor bate a cabeça na janela de vidro
e voa

a voz da perna do rei

quando tava muito triste
roberto ouvia o divã
quinta faixa do disco de 1972

preferia o vinil arranhado
como um trem que sangra na ferrovia
descarrilhando numa praça o sol do meio dia

arranco o trilho dessa lembrança
como um escafandrista sufocado
em noite de lua cheia

uma perna de pau pendurada
numa coxa que sente falta da perna que falta
a direita
que treme no linho branco
de um menino de oito anos

falo como quem atravessa uma maçã
com a farpa de minha mecânica

a queda, 1

pra lara

talvez quisesse apenas salpicar
com flores de sangue o cimento do pátio

a queda, 2

talvez nesse dia tenha visto lá de cima
um chão de estrelas

paisagem urbana

ela atravessa na frente do carro às 4h20 da tarde enquanto escuto beethoven no rádio. é mais rápida que um rio mas quando passa incendeia e treme tudo em volta. por um segundo a menina com o jeans colado no corpo me atinge como um raio, entorta os ponteiros do relógio da esquina e sorri. tudo isso em segundos enquanto escuto a pastoral e o trânsito tropeça e desaba sobre a tarde na praça pedro segundo. aí desço a montanha russa, eu e beethoven. péssima companhia.

imprevisto

tudo combinado:
tinha uma flor para entregar ao tio
hemofílico na segunda
a carpintaria do móvel encomendado
        no dia seguinte
um presente delicado de maio na falta
        de maior número de mães
um pedido de perdão para a vizinha
clandestina recente
na sexta uma rosa
e o primeiro dia de primavera que vira
        no calendário
do coração de jesus

mas tinha um coágulo no meio do caminho
que entupiu de repente o átrio esquerdo
        superior
e adiou tudo para sempre.
domingo. ação de graças.

gottfried benn

escrevia poesia
e
fazia autópsia de cadáveres

nazista arrependido
rasgou peitos abriu crânios
e
costurou as asas dos anjos de augusto

gottfried benn

poeta de duas casas
sonhos banidos
carnes encarceradas

ei-lo, intranquilo
quase desconhecido
dividido inacabado
templo de deus
curral do diabo

algo se move entre o vivo e o morto
que natureza é essa ?

natureza viva

na palma da mão
os cabelos do caroço da cajá do pará
que acabei de pentear com os dentes

diários de motocicleta

nada, nada, guevara
para o outro lado do rio
o povo ainda morre de lepra
o povo ainda morre de frio

da série grandes personagens

se um poeta a visse, assim, ali, de baixo pra cima, saia cor de renda numa manhã de sol guirlanda gostosa jamais imaginaria (fantasia, oh glória da invenção!) que pudesse ser uma leitora voraz de literatura barata. ela, linda de dar dó, primavera na passarela, colecionava todos os lançamentos, ligava pras amigas, comentava cada parágrafo dos capítulos, perfumes, flertes, beijos ardentes, jóias novas no pescoço da protagonista, olhos de quem lê e madura.

acordava cedo nos dias de foda, passava pomadas e cremes da moda, com pudor e delicadeza colocava as sandálias, dálias nos pés. manhã tarde, trabalho dia todo. na volta a alegria de volta aos braços dos encantados que a embalavam: danielle steel, harold robbins, sidney sheldon, paulo coelho.

traição

o amor
já não planta
mais a
flor
da
f
i
d
e
l
i
d
a
d
e

edipiana

minha mãe nunca me disse:
— *vem, celso. vem dormir comigo esta noite.*

fardo

I

carregar baldes de água salgada
de um mar a outro
praia após praia
até chegar à minha
— olho d'água —
repleta de castanhas portuguesas
e varizes azuis
devorando as pernas de geninha

II

céus de carne e arame
preparam o bote sobre a manhã
de chuvas compridas
catarros no céu da boca
se agarram nas estrelas da língua

berros avançam sobre o corpo inimigo
com suas mandíbulas de ferro
mastigando parafusos

não sobrou nada
nem a areia dos ossos
pra contar essa história
de pó, ódio e antropofagia

freestreet

a rua é >
a rua é +
a rua não tem medo
a rua nua
a rua precisa

na rua tem de andar
na rua a palavra voa

na rua sem autorização

chico discos

alguma coisa acontece no meu coração
que só
quando cruzo a afogados com a rua são joão

a estrela na testa do boi de zabumba
brilha na boina de che guevara

a estrela da boina de che guevara
brilha na testa do boi de zabumba

às vezes
um rebelde de fraldas
é tão otário
quanto um careta de gravata
às vezes
um burocrata
é um rebelde de gravata
às vezes um rebelde burocrata
tem sangue de barata
às vezes
uma fralda é uma gravata

dá no mesmo

sunset

um guará voa
desgarrado
talvez
um salmão
nada ao lado
alucinado
quem sabe um monet
atravessando
o fim de tarde
desgovernado

paisagens quebradas

pra guenádi aigui

acalanto

— mãe, é possível sons azuis saindo dos fuzis?
— não, filho, só flores afogadas nos jardins do futuro
— e as flechas, sangram mesmo perfumadas?
— sim, se forem atiradas no coração das florestas

árvore

é possível abraçá-la inteira
e não lembrar o que havia ali
no lugar dela

considerações sobre uma árvore e o fim do mundo

vista no largo do carmo num dia de sol
o tamboril
parece uma flor que vai dar no céu
com seu tronco em diagonal
do lado esquerdo do corpo da praça

vista no largo do carmo quatro anos depois
o tamboril amputado
agoniza como um boi perdido
com sua baba seca
sangrando na boca do matadouro

cego no sol

céu vermelho

por causa da carcaça do poeta josoaldo lima rego

I

as asas do pombo badalam
dentro do quarto imóvel
escuro é
o sino que
despenca
na tarde azul
depois
da missa de ação de graças

II

o campanário respira
como se nada tivesse acontecido
navalha cega
cego mudo
o silêncio bate no chão antes do sino

se fossem gaivotas
o mar era pra ser esse campanário

III

sol a pino
a galinha cisca na sala da casa
vesga
não viu nem
o galo disparar a aurora
viu
o galo

IV

no recital
o poeta sangra
a navalha com os lábios

visagem

um rato voa
sobre as areias do saara

um pombo
— rato que voa —
se arrasta com as asas
de sua metáfora

carne rara
meus mortos enterrados
nas covas de minha cara

labirinto

os cabelos ralam
as orelhas abanam pensas
os ossos se movem com alarde

a pele não me ouve
as hemorroidas pingam silenciosamente
o pau a meio pau

meu deus, estou apodrecendo

viúvo

de manhã
sousândrade vê no quintal
da quinta da vitória
os paus d'arcos tombados da república
de noite
uma sopa de pedras
mata a sua fome

a última entrevista de clarice

olhos acesos
cigarro entre os dedos
a bolsa no colo
a morte dentro da bolsa

água viva

chico maranhão

às vezes chora
ao terminar uma canção
outras vezes
apedreja gatos famintos
na saavedra

frank o’hara e raymond carver
sentam juntos
no gramado do central park
e choram em silêncio
sob a lua
se descascando
na manhã de manhatan

drummond, quem diria!

e agora, antonio ailton?
o povo sumiu
a noite esfriou
e duque de caxias
continua sendo o dono da praça

e agora, antonio ailton?
poemas não movem pau de arara
celulares são refletores
nos campos de futebol
e o cavalo de duque de caxias
continua cagando no meio da praça

e agora, antonio ailton?

depois

audição

versos de auden
dedos
de
baden

nódoa

uma nódoa não é uma mágoa
é uma anágua puída
no canto do quarto de uma noiva

uma nódoa não é uma noiva
é uma névoa não é
uma nuvem cirrus nimbus
desabando sobra a tarde clara

uma nódoa não é um mangue em chamas
é um manto sagrado em barro e breu
pela ternura de cláudio costa

uma nódoa é uma nódoa é uma nódoa
não é uma mancha
água parada em cortejo
é uma marca é
a menarca de minha mãe aos 12 anos
derramando espanto num quintal da maioba
em junho de 1946

my name is now

há palavras aladas
nos anjos do teu crânio, elza

radical

beijo a boca de um cachorro enquanto late

machadoversusbaudelaire

mudei eu
o natal
ou
o paraíso artificial?

roseiral

ao sopro de luz
teu corpo se renova nos meus olhos
íris se inflamam
fogo no cravo da terra
nervos tremendo nas trevas do crânio
a palha da palavra livre
queima na flor do coração
das formigas

um cabelo nasce
na palma da mão
estranho desejo de penteá-lo
amor talvez

amor avulso

mordo teu pulso
mão de caranguejo
roendo o braço do mar
mordo teu traço
teu xiri quase xiri
entre pernas
língua de bacuri

calendária

janeira
fevereira
marça
abrila
maia
junha
julha
agosta
setembra
outubra
novembra
dezembra

nuncadiganuncadiganuncadigasemprediganunca

ateu?

deus é dois:
um antes
outro depois

deus é mais:
um na frente
outro atrás

apesar disso tudo e tanto
em toda parte
em todo canto

por dentro de cada fibra do meu espanto

deus é
névoa é
naco é
nada
pelo menos por enquanto

lúcia

sobre as noites apavoradas
o silêncio de tua gargalhada ecoa,

asa partida que voa

último pedido

não me cruzem as mãos.
os dedos entre os dedos, não.
quero apenas como peso no peito
a estrela certa: o coração

no fim das contas

de mim não saio
de mim ninguém me tira

happy end

ao chegar ao fim
não tem fim
o fim é o fim do fim
posto isso
no último degrau da escada
a poesia é o começo de tudo

) POESIA (

ainda foi impresso pela gráfica eskenazi para a editora mórula em papel pólen bold 90g/m^2, tipografia silva text e wigrum, abril de 2024, quando se completa 1 ano da morte de celso borges e, agora, “no horizonte um raio em lugar de uma linha”, “osso duro de morrer” e “viva a fúria que explode na boca viúva das leoas”.